TIAGO LAVESO

Introspecção

O lugar mais seguro é sua própria mente

Literare Books
INTERNATIONAL
BRASIL · EUROPA · USA · JAPÃO

Copyright© 2022 by Literare Books International
Todos os direitos desta edição são reservados à Literare Books International.

Presidente:
Mauricio Sita

Vice-presidente:
Alessandra Ksenhuck

Diretora executiva:
Julyana Rosa

Diretora de projetos:
Gleide Santos

Capa, diagramação e projeto gráfico:
Gabriel Uchima

Ilustrações:
Tiago Laveso

Revisão:
Margot Cardoso

Relacionamento com o cliente:
Claudia Pires

Impressão:
Impress

Dados Internacionais de Catalogação na Publicação (CIP)
(eDOC BRASIL, Belo Horizonte/MG)

L399i	Laveso, Tiago. Introspecção: o lugar mais seguro é sua própria mente / Tiago Laveso. – São Paulo, SP: Literare Books International, 2022. 14 x 21 cm

ISBN 978-65-5922-377-0

1. Literatura brasileira – Ensaios. I. Título.

CDD B869.4

Elaborado por Maurício Amormino Júnior – CRB6/2422

Literare Books International.
Rua Antônio Augusto Covello, 472 – Vila Mariana – São Paulo, SP.
CEP 01550-060
Fone: +55 (0**11) 2659-0968
site: www.literarebooks.com.br
e-mail: literare@literarebooks.com.br

SUMÁRIO

Capítulo 1: Introspectivo 5

Capítulo 2: Além do tempo de uma vida 13

Capítulo 3: Conexão 19

Capítulo 4: Ambição 25

Capítulo 5: Anos que já passaram............................29

Capítulo 6: O ano que passou.. 35

Capítulo 7: Eclipse solar.. 41

Capítulo 8: Mensagem na garrafa................................. 45

Capítulo 9: Dano cerebral... 49

Capítulo 10: Afaste as penas dos ouvidos 53

Capítulo 11: Treze e vinte e cinco..................................57

Capítulo 12: Camélia branca 63

Capítulo 13: Vulnerável 71

Capítulo 14: Alerta vermelho 79

Capítulo 15: Eclipse lunar 83

Capítulo 16: Interlúdio 87

Capítulo 17: Forte o suficiente 91

Capítulo 18: Uma fenda no planeta Terra 95

Capítulo 19: O nível das águas 101

Capítulo 20: A segunda metade daquela onda 107

Capítulo 1:
Introspectivo

Eu consigo, mesmo no meio de uma multidão, estar sozinho. Não é a coisa mais difícil do mundo. Se houver concentração o suficiente, você não mais escutará vozes de outras pessoas ao redor. Um pouco mais de foco e elas nem mesmo estarão mais lá. Visíveis aos seus olhos, mas inexistentes à mente. Só você e sua consciência, como acontece quando você fecha seus olhos. Estará no seu introspectivo, onde os pensamentos fluem da forma mais pura. Aliás, sempre fui o tipo de pessoa que na maioria do tempo opta por ficar calada. Sou constantemente chamado de quieto demais. Na verdade, prefiro manter alguns pensamentos só para mim, mas não por medo ou pretensão, mas, sim, porque pensamentos precisam ser analisados com cuidado, e eu mesmo prefiro analisar os meus. Quando você os compartilha, está permitindo que outras pessoas os julguem das suas próprias maneiras. Acontece que eu não confio no julgamento das pessoas. (Eu inspiro, e o ar gelado percorre minhas vias aéreas).

A mente humana possui tamanho poder e complexidade, que nem mesmo os próprios humanos conseguem decifrá-la. Talvez a mente de um ser seja o lugar mais seguro onde ele possa estar. Afinal, nenhuma palavra sairá da sua boca sem que antes você tenha permitido. E embora pensamentos surjam na mente – onde é possível mantê-los – muitos escolhem compartilhá-los a todo instante. O problema é que muitos ainda não organizaram o seu próprio introspectivo, e seus pensamentos saem sem antes serem analisados. Não é à toa que dizem que "o peixe morre pela boca".

Uma coisa que me perturba é um futuro onde seja possível controlar a mente de outras pessoas. Nossa mente é nossa essência, e controlar a mente de uma pessoa seria o mesmo que aprisioná-la, nem que seja por apenas alguns instantes. Com tal poder, tenho medo do que a malícia no coração do homem pode chegar a fazer. É por isso que nenhuma dor

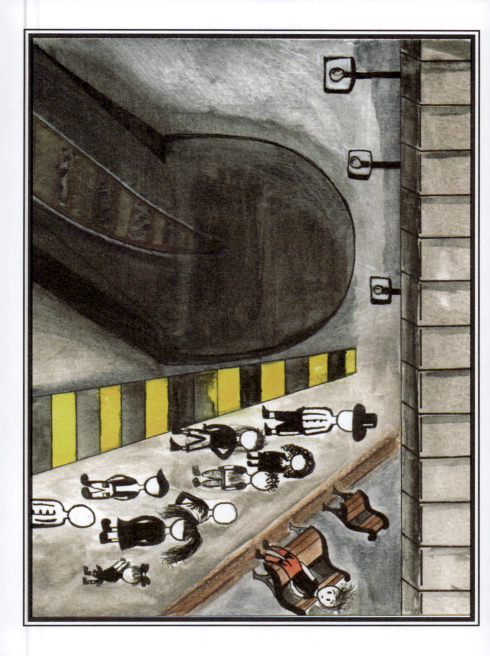

Multidão

física chega sequer aos pés de qualquer dor psíquica. Uma criança com o joelho ralado terá seu ferimento cicatrizado após certo tempo, mas uma pessoa cuja confiança foi traída poderá nunca mais voltar a confiar em alguém. Um trauma psicológico pode persegui-lo por toda a sua vida. (Eu expiro, e o ar que antes era gelado, agora está quente).

A propósito, ainda existe alguém que desmerece os que sofrem na mente? Se sim, acho que esse alguém está sofrendo na mente. Aqueles que com toda a prepotência clamam ser alguém nesse mundo estão morrendo pela boca. Durante o tempo de vida que teve até agora, ainda não percebeu quão pequeninos nós somos? Nós todos somos formigas para o universo, e formigas podem ser espezinhadas sem esforço algum. De fato, é quase impossível ter serenidade na mente nos dias de hoje, mas há pessoas que culpam o mundo pela crueldade que existe. Esses que infelizmente afirmam que o mundo é um lugar cruel também estão morrendo pela boca. Durante o tempo de vida que tiveram até agora, tais pessoas não conseguiram perceber como o mundo é maravilhoso. Não entenderam ainda que as pessoas é que são cruéis e, consequentemente, tornam o mundo um lugar cruel, porque

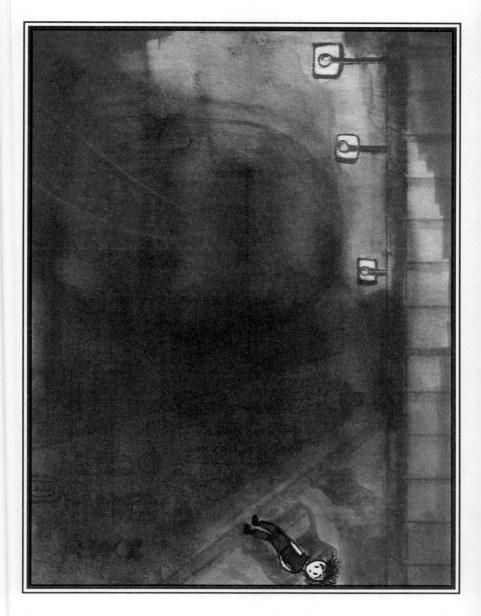

Penumbra

vivem nele. (Eu inspiro, e sinto que puxei o ar com mais intensidade dessa vez, porque meu peito chegou a se erguer).

A propósito, as pessoas realmente acham revigorante viajar para estar à beira do mar? A força das ondas me assusta, e o que for que exista no interior delas, mais ainda. Prefiro reconfortar-me viajando na minha própria mente, apesar da solidão que existe. Entretanto, se algum dia me pegar boiando, chame a minha atenção, para que eu retorne da viagem em que estava. Nem todas as minhas viagens são felizes. (Eu expiro, e, por um breve momento, sinto uma dor no peito. Depois o ar que sai da minha boca embaça o vidro da janela).

Agora, um pensamento percorre meu consciente: deixar de guardar só para mim alguns dos meus pensamentos. Compartilhá-los aqui, e permitir que outros analisem, junto comigo, as experiências vividas por mim durante esse meu curto tempo de vida. Sinto que finalmente estou pronto para ignorar os julgamentos e todas as interpretações incorretas. A todos os que me acham quieto demais, estou permitindo agora a sua entrada ao meu introspectivo.

Sozinho

Capítulo 2:
Além do tempo de uma vida

Ano vai, ano vem, novas gerações são formadas. Eu faço parte da geração Z, os nativos digitais, cujos bebês nascem com um celular na mão. Nunca fora tão fácil receber informações. O progresso tecnológico realmente deixou tudo mais fácil. Pergunto-me quanto conhecimento uma pessoa nascida nessa geração é capaz de ter, de qualquer forma, toda geração tem seus prós e contras.

A minha, por exemplo, está se esforçando para se livrar do preconceito e intolerância, mas, apesar da boa intenção, as pessoas estão cada vez mais se tornando preconceituosas e intolerantes. Não sabem elas que tais sentimentos hostis não vão desaparecer sem que antes desapareçam os seres humanos? Porque tais coisas nem sempre podem ser vistas a olho nu. São sentimentos formados e enraizados na mente, onde ninguém sem a permissão necessária pode entrar. Talvez até você mesmo ache que não julga apenas com o olhar, ou que não tolera tal tipo de atitude ou de pensamento, mas sua mente o engana escondendo o preconceito e intolerância no fundo do seu subconsciente.

Há também outra coisa que vejo aumentando. A efemeridade. O que começa hoje, termina amanhã. Relacionamentos sem compromisso e baseados apenas em prazer, em vez de amor e confiança. Pessoas sem personalidade que aceitam a primeira oportunidade de corromper a sua própria moral e índole que o mundo lhes oferece.

Nunca houve tanto desprezo e desinteresse pela vida. O Pequeno Príncipe tinha razão, os adultos mataram as crianças que estavam dormindo dentro deles, e nem perceberam. Quando eu peço ajuda, primeiro me perguntam o que vão ganhar com isso. A felicidade que vem de ajudar o próximo não é o bastante?

A única verdade são as opiniões desnaturadas, e coitado de quem as questionar. Mais do que nunca, estão sem autodomínio, ferozes, egoístas, e cheios de orgulho. Sinto muito pelas gerações que estão por vir, porque a tendência é apenas piorar.

Raro agora é achar alguém que tenha determinação em se esforçar para fazer o que precisa ser feito – mas do modo correto – e conquistar o que quer de forma íntegra. Parecem serpentes rastejando e se esgueirando até aparecer a oportunidade de enfiarem suas presas. Para alcançar o topo, não melhoram a si mesmos, mas pioram os outros. Não é mais gratificante subir os degraus pelo próprio esforço e mérito? Tudo que tenho visto são pessoas puxando os pés umas das outras. Minha geração é a lebre apressada que parou para descansar e acabou perdendo a corrida para a tartaruga que a ultrapassou se mantendo constante até o final.

Ouvi dizer de suas bocas, mais do que uma vez, que a morte prematura é melhor do que chegar na maior idade. Que não aceitariam viver para sempre porque a morte é necessária e que é uma consequência da vida. Que o tempo de uma vida humana é o bastante, e que temos que aceitar o fim. Tudo isso não faz sentido para mim.

A vida não deveria ser um ciclo. Ela deveria ser uma constante. Por que então a dor de perder alguém na morte é uma das piores que existe? Tudo que aprendi desde criança foi em vão? Uma vida humana é pouco tempo para mim. E se a oportunidade de viver para sempre aparecesse, eu não a deixaria escapar. O mundo é tudo o que eu tenho, e tudo que me resta é pensar além do tempo de uma vida.

Valores inversos

Capítulo 3:
Conexão

Estou disposto a estabelecer um relacionamento aqui. Uma ligação entre escritor e leitor. A pessoa que escreveu e a pessoa que está lendo. Eu quero que você me conheça, e quero que crie uma conexão comigo, para que o que eu escreva de mais importante penetre fundo no seu subconsciente e coração. Para que você não precise ter que decidir entre a razão e a emoção, mas que encontre um equilíbrio entre os dois. E para que as palavras que você leia não sejam de qualquer um, mas de alguém que você conheça. Talvez elas tenham mais impacto, então preste atenção em cada detalhe. Leia duas vezes se for preciso.

Vou começar lhe contando um pouco mais sobre mim. Coisas que tenho percebido sobre minha

CAPÍTULO 3

pessoa, mas que mantive no meu introspectivo, até agora.

Sou o que as pessoas definiriam como oito ou oitenta. Penso tempo demais antes de tomar uma decisão e, quando decido, me entrego de corpo e alma. Nada de coisas feitas pela metade. Se for para fazer, que seja bem-feito. Vou perder noites de sono, sim, vou sentir meu coração batendo mais rápido, e vou fazer o que for necessário se o que está na minha mente é atingir um objetivo.

Saiba de antemão que sou uma pessoa muito teimosa. Que gosta de ter as próprias opiniões e segui-las com afinco, mas que também aprende com os erros. Percebi já faz muito tempo que aprendo melhor na prática do que com outras pessoas me ensinando. Prefiro mil vezes errar, me arrepender e aprender, do que me arrepender por não ter tomado uma atitude.

Mas existe uma coisa em mim da qual sinto muito orgulho. Que me faz sentir segurança e independência, de certa forma. Eu sou capaz de ser a pessoas mais fria e corajosa do mundo, se for para fazer a coisa certa. Sinto meu sangue borbulhar diante de qualquer injustiça, e sinto que sou capaz de tudo para enfrentá-la.

Minhas amizades não me prendem. Não tenha uma amizade comigo esperando que eu vá dar razão a todas as palavras que saem da sua boca. Nem espere que eu fique do seu lado, mesmo achando que você está do lado errado. Eu também não vou esperar isso de você. O que eu quero é uma amizade genuína. Quero que você me diga quando achar que estou errado. Quero que me diga a verdade, não importa quão dolorosa seja. Alguém que não é hipócrita. Porque se eu achar que o que você fala não condiz com o que você faz, não vou hesitar em não te considerar mais como amigo.

Por outro lado, tenho meu lado sensível, sim. Sou o tipo de pessoa que, por algum motivo, ou simplesmente por vontade, sobe no telhado da própria casa à noite para se perder nos próprios pensamentos enquanto admira o céu. Talvez até para assistir o pôr do sol, e como o mundo obriga as pessoas a seguirem uma rotina. É como ter asas. Deixo meus pensamentos me guiarem, não importa o destino. Às vezes, esperançosos e animadores; outras vezes, nostálgicos e melancólicos. Talvez o que me atraia é estar acordado enquanto as outras pessoas estão dormindo. Ou talvez estar acordado enquanto os pássaros começam a cantar, e a neblina da manhã começa a te acalmar.

CAPÍTULO 3

Todas as árvores e plantas estão sempre, pontualmente, esperando a luz do sol, e eu também. Existe paz em sentir o sol tocar sua pele.

O fato é que sinto uma paixão inexplicável pelo viver. Pelo conhecer, explorar e aprender. Por tudo de bom que existe no mundo. E me ponho profundamente triste com tudo de ruim que acontece nele.

Mas, infelizmente, não tenho certeza se existem mais coisas boas do que más no mundo. Eu me agarro firme na realidade, e talvez esse seja o motivo de toda a minha melancolia. De qualquer maneira, estou disposto a compartilhar tudo.

Manhã de neblina

Capítulo 4:
Ambição

Sempre que perguntam qual minha cor favorita, sempre respondo que é o branco, e as pessoas sempre perguntam o porquê. Sempre achei que fosse óbvio. O branco significa tudo o que as outras cores também significam. O branco é todas as cores em uma só.

Dizem que o vermelho significa força e paixão, e que o azul significa tranquilidade. O branco significa paixão, força e tranquilidade.

A tela de pintura é branca, a fim de que todas as cores a toquem. Ela espera, pacientemente, o respeito do preto e a esperança do verde. O branco tem respeito por todas as cores, e tem expectativa de que elas venham até ele.

CAPÍTULO 4

Sempre que puder escolher, vou escolher o branco, porque estarei escolhendo tudo. Não quero apenas uma cor. Não é sobre ser ganancioso, é sobre não ficar parado. E se não vou ficar parado, que, pelo menos, eu me mova para cima. Não quero saber falar apenas uma língua, nem ter só uma profissão. Não quero saber cozinhar apenas alguns pratos, nem conhecer o sabor de apenas algumas frutas.

É por isso que acho o tempo de uma vida curto demais. Porque quero aprender e sentir tudo sobre o mundo, mas não tenho tempo suficiente.

Sim, o branco é tudo. E se não puder me dar o branco, dê-me o preto. Porque se não puder me dar tudo, então não me dê nada. Estou cansado do superficial e genérico. Cansado de coisas feitas por obrigação, de toda a falsa simpatia, e de toda a hipocrisia. Eu estou exausto de coisas feitas pela metade, e de tudo que foi começado e não foi terminado. A falta de interesse me desanima. Quero sentir a alegria do amarelo e desvendar um mistério roxo. Quero revitalizar-me com o verde e sentir a profundidade do azul uma vez ou outra. E depois, quero sentir todos os tons diferentes de todas as cores que existem. Tanto os tons mais claros, quanto os mais escuros.

Eu quero ter uma casa em cada planeta do sistema solar, e visitar a lua nos finais de semana. Quero sentir-me cheio de energia e gastá-la toda em uma só hora. Quero conhecer cada detalhe sobre cada ser vivente que existe.

E se algum dia estiver se perguntando onde estou, e o que estou fazendo, tenha certeza de que estarei à procura de algo que ainda não conheço, ou em busca de melhorar o que já é do meu conhecimento. Estarei sofrendo as consequências das decisões que tomei, e aprendendo com elas. Estarei rindo sozinho de alguma ironia que passou pela minha cabeça.

Todas as cores

Capítulo 5:
Anos que já passaram

Lembro-me de uma ocasião quando criança, quando senti o que estava por vir nos anos à frente. Minha mãe tinha acabado de entrar em casa, mas eu estava no quintal, sozinho. Estava sentado em cima de um balde, olhando as roupas balançarem no varal, por causa do vento forte daquele dia. De repente, deparei-me com um aperto no peito. Uma agonia sem motivo. Uma dor, mas não era física. Não tinha tropeçado, não tinha caído, não havia sangue, não tinha um ferimento que os olhos podiam ver. Fiquei desnorteado, entorpecido. Não conseguia entender de onde aquilo estava vindo, nem porquê. Tédio? Solidão? Tristeza?

Durante toda minha infância, eu lidei com uma doença chamada bronquite asmática crônica. É uma doença que provoca aflição. Porque você tenta respirar, mas não consegue. Eu tinha crises constantemente. Acordava pelo menos um dia por semana sem conseguir respirar e faltava na escola mais do que consigo contar. Com o tempo, as crises foram diminuindo e não sei dizer quando foi a última vez que tive uma. Mal sabia eu que mesmo estando curado algum tempo depois, ainda haveria dias em que eu acordaria sem conseguir respirar.

Recordo-me também de uma época da minha vida quando eu era criança e tínhamos acabado de nos mudar para essa nova cidade. Eu era uma tragédia no quesito fazer amizades, mas, na casa ao lado, moravam duas crianças que brincavam juntas. Um menino e uma menina. Irmãos. A garota, um pouco mais velha, e o garoto, da minha idade.

Eu os observava brincar e eles sempre pareciam estar se divertindo. Desejei ter amizade com eles. Não me lembro de como tal encontro aconteceu, mas estava perto deles pela primeira vez. O garoto transmitia sinceridade e inocência, mas meu instinto me alertou logo de cara para me afastar da sua irmã.

Um dia, estava na casa deles, e a garota me chamou para jogarmos o jogo da memória. Sempre que era a vez dela, eu olhava para a sua cara, e seus olhos continham malícia. Minha vez, errei; vez dela, ela acertou, e acertou de novo, e de novo. Mas agiu como se fosse coincidência. Cada expressão na sua face depois de cada ponto era planejada anteriormente. Um pulo de alegria, uma frase de efeito, e sobrancelhas que erguiam de falsa surpresa. Nasceu formada em artes cênicas. As cartas estavam todas marcadas, e ela conseguia enxergar cada par. Escolhia o momento certo, e fazia seus pontos. Minhas sobrancelhas não se ergueram de surpresa quando ela ganhou.

Outro dia, o garoto tinha acabado de se machucar. Apenas lembro-me que o pai deles tinha chegado, e sua irmã colocou a culpa em mim. Mentiu dizendo que tinha sido eu quem o machucou.

Depois disso, por muito tempo, fiquei sem me aproximar deles. Alguns dias tentei conversar com o garoto, mas quando sua irmã percebia alguma aproximação, fazia questão de orientá-lo a ficar longe de mim. Até hoje não sei o motivo. Talvez ela apenas não tivesse ido com a minha cara, ou talvez fosse apenas maldade no coração. Existem pessoas assim.

Optei por continuar sozinho durante o tempo que vivi por lá. Melhor sozinho do que mal acompanhado. E se o preço que tinha que pagar para ter a amizade do garoto fosse ter a irmã dele por perto, eu jamais pagaria. Embora esse tenha sido só um exemplo de quando eu era criança, deixei de pagar o preço pela amizade de várias pessoas mais tarde.

O que nos torna diferentes das crianças é o quão apegados somos à realidade. As crianças imaginam, criam, e se divertem em suas próprias mentes. Ao que parece, quanto mais amadurecemos, mais nossos pés precisam estar no chão. Presos à realidade do mundo, sem conseguir nos dispersar das brutalidades que acontecem nele.

Ritmo acelerado

Capítulo 6:
O ano que passou

Aquele foi definitivamente o pior ano da minha vida. Um inferno na Terra, de fogo azul. Minha cabeça estava como uma televisão chiando por causa do mau sinal. Sentia ela tão pesada que poderia facilmente me levar ao chão caso a inclinasse. Dormia a maior parte do dia, e quando acordava, nas ocasiões que tinha forças para levantar, parecia mais cansado do que quando tinha ido dormir. O meu tanque de combustível estava com furos. O tédio resumia o meu dia. Tédio, tristeza, e flores nascendo o tempo todo. A única coisa que me dava forças era o sol.

O que eu lia entrava na minha cabeça, mas não era processado. Tudo que eu escutava entrava por uma orelha e logo saía pela outra. Duvidava constantemente se o que estava vendo era real, e se o que estavam me contando era realmente verdade.

Além de tudo, ainda cobrava muito de mim mesmo. Colocava as expectativas no alto, mas nunca as atingia. Aprendi só há pouco tempo que isso deve ser feito com cuidado. Temos que colocar metas que são possíveis de alcançar. Caso contrário, cada dia que você acordar e não tiver realizado o que planejava, um peso será adicionado a uma balança que está pendurada em cima de você, até o dia que essa balança irá cair sobre você. E então, você não mais terá pernas para correr atrás do que quer. Ambições nos motivam a progredir, mas quando elas ultrapassam os limites do que podemos atingir, o que resta é apenas insatisfação.

Tudo e todos estavam me pressionando a lutar por uma carreira quando, na verdade, o que eu estava fazendo era lutar pela minha vida. Chega um momento que você simplesmente aceita, e segue se arrastando sem se importar com mais nada.

O que mais me intrigava era que tinha colocado na cabeça que eu não tinha motivos para estar triste. Eu tinha uma família que nunca me faltou com amor. Tinha onde dormir e o que comer. Tinha o que milhares de pessoas não têm, e mesmo assim não estava feliz.

Sentia-me mal pelo que eu tinha, mesmo que toda a desigualdade e injustiça do mundo não fossem culpa minha. A minha própria mente me sabotava. Deixei de sentir prazer nas coisas que gostava. Fazer coisas fáceis se tornou difícil. Eu não sentia fome, apenas desânimo. Mas queria ser forte o suficiente para aguentar tudo sozinho. Sem a ajuda de ninguém, além do sol e dos raios dele. Não precisava de mais nada.

Eu fui me acostumando com a dor e aprendendo a lidar com ela. Tudo que importava é que um dia tudo aquilo iria passar.

Acho que, bem lá no fundo, eu sempre soube. Essa pedra sempre esteve no meu sapato. Com toda a certeza tinha algo de errado. Afinal, meu coração sempre bateu mais rápido. O perfume das flores era mais intenso, e o céu costumava ser mais azul. O mundo era maravilhoso e, quando me dei conta, já não era mais. Tudo o que restou foi a concepção de algo utópico, minha inocência e minha simpatia genuína.

O choque com a realidade eu, com certeza, senti. Meus ossos chegaram a estremecer. Porque as pessoas

CAPÍTULO 6

não são como parecem ser, e minha simpatia de nada serviria. Mas aquela concepção com a qual sonhava – inocente e simpática – algum dia teria de retirar a máscara. E desse dia em diante a verdade deixaria de ser uma coisa rara.

Letargia

Capítulo 7:
Eclipse solar

Engolindo o sol ela se estabelece,
A luz da noite.
Elegante, afiada, sensata
Como a cor que lhe foi dada: prata.

Causa o eclipse solar,
E os raios do sol ela conduz,
Para longe de todos,
Os que consomem sua luz.

Acima das nuvens,
Adjacente às estrelas,
Nova, crescente, minguante, cheia.

CAPÍTULO 7

É um farol no céu, uma porcelana.
Não me canso de admirar,
A elegância da luz que emana.

Eclipse solar

Capítulo 8:
Mensagem na garrafa

Você está na praia, sentado na areia, e vê uma onda quebrar e se arrastar até perto dos seus pés. A onda volta ao mar, mas, antes, deixa uma garrafa fechada com uma rolha. Você observa o seu conteúdo e dentro dela há um pouco de pó, e uma espécie de carta. Você abre a garrafa, retira a carta, a coloca de lado, e deixa o pó cair na palma da sua mão. Após tocar o pó por alguns instantes, um caco de vidro faz um leve corte na ponta do seu dedo indicador. Aparentemente, o pó é, na verdade, vidro esmagado. Então o vento fica mais forte e leva todo o pó consigo. Você decide ler a carta, então a pega, e abre. Escrito nela há a seguinte mensagem:

"A todos os que nunca estiveram entre as ondas lutando para não se afogar, saibam que a força das

CAPÍTULO 8

ondas é esmagadora. De uma forma ou de outra, você será puxado contra sua própria vontade. E, de uma forma ou de outra, a onda vai te arrastar com ela sem antes pedir permissão. Se acha que estou sendo dramático é porque nunca esteve no meu lugar, e nunca sentiu o que eu senti.

Se decidir entrar no mar – ou acabar dentro dele por acaso – tome cuidado. A água do mar é salgada. O sal faz todas as suas feridas arderem ainda mais, e abre outras que já tinham cicatrizado. Se antes o seu coração acelerava, agora ele começará a pegar fogo. E se antes, as lágrimas salgadas como o mar escorriam pelo seu rosto, agora você está prestes a mergulhar e senti-las por todo o seu corpo.

Mantenha-se atento, perceba a tragédia antes de ela chegar. E esteja pronto caso tenha certeza da sua chegada. Não fique no caminho quando a onda quebrar. E, caso sua única opção seja mergulhar, certifique-se de respirar fundo e se jogue no sal da água.

Entretanto preste atenção caso o ardor não comece a diminuir depois de certo tempo. Sinta o que tem que sentir, e o arder deverá começar a diminuir aos poucos.

E se você quiser estar perto de uma pessoa, tome todo o cuidado necessário, e tenha toda a delicadeza do mundo. Seja quem menos lhe causa dano. Um dia tal pessoa perceberá que, quando esteve perto de você, tudo pareceu mais fácil de aguentar.

E quando achar terra firme, agradeça, e certifique-se de se manter nela, mas nunca deixe de continuar atento. Não deixe nenhuma outra onda te ultrapassar, esconder o sol, quebrar diante de si, e depois te levar de volta ao mar junto dela. Você pode nunca mais conseguir pisar em terra firme novamente.

As ondas são mais fortes do que parecem."

Mensagem na garrafa

Capítulo 9:
Dano cerebral

Eu sempre achei que a mente de uma pessoa fosse o lugar mais seguro que ela poderia estar. Mas e se sua própria mente te trai? E se ela começa a te sabotar? E se o que era para ser o lugar mais seguro do mundo, começa a lhe dizer que você é incapaz? Começa a te culpar por tudo de ruim que acontece, e deixa de te ajudar quando você mais precisa?

Percebi que minha mente tinha me traído no ano que passou. Foi tão difícil perceber quanto foi aceitar. Ela me fez esquecer memórias boas e fazia questão de me lembrar das ruins. Nenhuma droga te deixa tão entorpecido. Nenhuma informação era processada e nenhum raciocínio era concluído. Eu enxergava tudo mais lentamente. Eu me sentia lesado. É como se algo tivesse te enraizado no mesmo lugar pra sempre. Como se existisse um abismo entre o raso e o profundo do mar. Você tenta nadar, mas seu corpo não se mexe. Iria me sentir assim para sempre? O que precisava fazer para sair do mar? As células do meu cérebro estavam se deteriorando? Tinha medo de que os danos fossem permanentes. Vou poder raciocinar tão rápido quanto antes? Quando não vou depender mais da morte para me sentir vivo? Aguente, aguente firme, respire.

Não tinha forças para me levantar de manhã enquanto os pássaros estavam cantando. E, mesmo se tivesse, não seria capaz de sentir o prazer do café da manhã. Estava realmente recebendo os raios do sol?

A ansiedade me consumia. Você acaba revivendo todas as coisas ruins que já lhe aconteceram, e é incapaz de criar memórias boas.

É como estar preso numa extensa teia de aranha, mas a aranha nunca vem te pegar. O que lhe resta é olhar a extensão de toda a armadilha na qual você está preso, e esperar com os olhos arregalados o momento em que, de repente, uma das oito pernas vai aparecer.

Ao invés de tentar achar uma maneira de livrar-me dos fios, eu me desespero, e acabo ainda mais preso. A aranha não precisa nem fazer o casulo, porque me debati tanto, que já estou dentro de um.

Tive a seguinte linha de pensamento, enquanto preso dentre os fios grudentos da teia: as criaturas voadoras dos céus, elas sentem pena de nós? Por que não temos asas para voar? Ou sentem inveja dos nossos braços, mãos e dedos, assim como temos inveja das suas asas? De uma forma ou de outra, estamos sempre tentando preencher os buracos. As criaturas dos céus usam seus bicos para pegar e tatear, e nós usamos nossa mente para que, de certa forma, consigamos voar. Elas fogem do que se arrasta no chão voando acima das nuvens, e nós escapamos da realidade do solo usando nossas mentes. Elas possuem penas para que consigam se manter sob o vento, e nós temos nossa mente para imaginar como seria estar nos céus.

Por fim, elas pouco a pouco continuam a perder suas penas, e pouco a pouco fica mais difícil de se sustentarem acima do chão. E, da mesma forma, o que nos permite tirar os pés do chão, acaba pouco a pouco se deteriorando, até que, por fim, não só estamos com os pés presos ao chão, mas sendo puxados cada vez mais para baixo.

A ameaça é iminente, o medo é constante. E, no final, a causa da morte não foi a aranha, mas, sim, o nosso próprio desespero.

Mar de teia

Capítulo 10:
Afaste as penas dos ouvidos

Estou dentro de um carro nesse momento, sentado no banco de trás. Parado enquanto o carro se move, olhando pela janela o mundo passar. Os anos passam tão depressa quanto a vista do lado de fora. Quando eu era criança, não percebia a maldade ao meu redor. Eu era a criatura mais inocente do mundo. E mesmo que muitos estejam dispostos a nos alertar, nós aprendemos melhor sofrendo as consequências dos erros que cometemos. Apenas penso em como – apesar de nos esquecermos de grande parte de nossas infâncias – elas nos tornam quem somos hoje. Não é exagero dizer que somos extensões do que fomos e do que vivemos enquanto crianças. As memórias esquecidas se transformam em experiência? Ou em personalidade? Acho que um pouco dos dois.

O carro continua a se mover e eu continuo parado dentro dele. Então eu olho para o céu, e ele parece ter mais nuvens do que antes. Algumas totalmente brancas, algumas cinzas, e outras um tom mais escuro do que cinza. Pergunto-me se uma chuva está por vir. Se estiver, pelo menos eu tenho abrigo.

Depois de um tempo, o carro foi ficando mais lento, até finalmente parar. Parece que há trânsito em frente. Volto meus olhos à janela, e então eu vejo um passarinho parado no gramado do lado de fora, e ele aparenta ser a criatura mais inocente do mundo, assim como um dia eu fui. Como alguém seria capaz de machucar tal ser? Talvez tudo o que esse alguém tenha passado até o dia de hoje – e todas as suas memórias ruins – o tenham tornado uma pessoa sem a mínima empatia. Mesmo assim, seu ato é justificável? Depois de certo tempo, desisto de tentar entender, ou até mesmo julgar.

Agora o carro está se movendo aos poucos, conforme os outros carros se movem, e logo vai retomar a velocidade em que estava. Retorno então meus olhos ao céu e, dessa vez, ele se tornou cinza por completo. Tenho pouco tempo para te alertar, pequena criatura inocente, porque logo os riscos de água vão se intensificar. Serão gotas, e irão te machucar.

Afaste as penas dos ouvidos, passarinho, pois um conselho irei te dar. Dos animais que existem, tome cuidado com o que é chamado de Homem. Não hesite em voar para os mais altos céus onde nenhuma mão humana possa te agarrar. Todos os que possuem esse nome vão de uma forma ou de outra acabar por te machucar. Esqueça, mas não se esqueça, seu contato com tal espécie é inevitável. Então mantenha por perto os que menos danos vão te causar. Ouvi dizer que tal espécie de animais selvagens te tira do conforto das nuvens e te coloca em prisões feitas de metal. Depois de um tempo, o tilintar do metal irá tomar conta da sua cabeça e você vai se esquecer de como era estar no céu. Irão tirar o seu direito de voar, mas te darão de comer e beber, porque você precisa estar vivo para cantar. E depois que a chuva passar, não descanse nem cante, procure outra árvore para te abrigar, pois outra chuva algum dia vai chegar.

Você nasceu com asas, mas elas não mais conhecerão o vento, tudo isso porque seu canto acalma os corações acelerados. Eles te manterão vivo até que não esteja mais e, então, por fim, você preferirá não ter achado abrigo no dia em que o céu se tornou cinza.

Inocência

Capítulo 11:
Treze e vinte e cinco

As aves sempre foram meu ponto fraco. Eu não suporto vê-las presas em gaiolas. Talvez o que me encante seja a elegância das suas asas, ou a liberdade que existe em vê-las voar perto das nuvens. Talvez seja porque elas acordam mais cedo do que qualquer um, ou porque o seu canto acalma os corações acelerados.

Eu sempre pensei que você teria treze, enquanto eu tivesse vinte e cinco. Sonhava até em ter trinta e cinco enquanto você tivesse vinte e três. Agora eu tenho dezoito, e você continua com sete.

Eu quero te agradecer pelas memórias que restaram depois que a dor finalmente se foi. Nunca tive uma conexão tão forte com um animal, como tive com você. O gosto era mais forte. A queda parecia mais alta. Minha mente estava cheia, mas meus pensamentos sempre estiveram em você. Você deitou seu bico no meu rosto, e foi o meu sol quando eu estava perdido e com frio na escuridão. Não é à toa que lágrimas estão caindo do meu rosto enquanto escrevo agora. Mas não são lágrimas de tristeza, são de saudade. Sinto-me feliz por você ter feito parte da minha vida.

Lembro que foram duas as vezes em você voou das minhas mãos. E foram duas as vezes em que você, coincidentemente, voltou para mim.

Da primeira vez, você se assustou com o barulho e pulou do alto, então planou até chegar em uma árvore. E depois pulou da árvore e voou ainda mais alto, onde todos os outros pássaros que pularam, planaram e estavam voando podiam te observar. Jamais poderei agradecer o suficiente pela coincidência. Você acabou voltando para mim. O gosto era mais forte. A queda parecia mais alta. Minha mente estava cheia, mas meu pensamento estava com você.

Lembro-me também que da segunda vez, eu tinha acordado não fazia muito tempo e, então, o interfone tocou. O interfone sempre te assustava. Você começou a voar assustada e eu comecei a te seguir, até que percebi que você não pararia tão rápido. E eu talvez nunca mais te encontrasse novamente. Porém eu tinha esperança. Esperança e determinação. Procurei-te pelos arredores durante a tarde inteira e um pouco da noite também, mas não te encontrei, e os vizinhos também não tinham te encontrado.

Alguns dias depois, a esperança estava quase se esvaindo. Eu não fazia nada a não ser pensar em como você tinha se sentido ou como estava se sentindo. E meu coração ficava pesado. Perdida, assustada, longe de casa, num lugar que nunca viu antes, desamparada e talvez sem esperança. Ou até mesmo tivesse sido morta a sangue frio por algum outro animal, ou atropelada por um carro ou se afogado em qualquer poça de água que fosse funda o suficiente para te engolir. Eu tinha que lembrar de respirar, porque nenhum ar entrava em meus pulmões enquanto inúmeras incertezas percorriam meu consciente. E tudo aquilo me aterrorizava.

Algum tempo depois, colei papéis nos postes do bairro, dizendo que você estava desaparecida. E jamais poderei agradecer o suficiente pela coincidência. Outras pessoas haviam te achado. E tais pessoas te devolveram para mim. O gosto era mais forte. A queda parecia mais alta. Minha mente estava cheia, mas meu pensamento ainda estava com você.

CAPÍTULO 11

Aliás, existe a terceira. Quase esqueço de mencionar a terceira vez. Com certeza foi a pior de todas. Porque meu coração terminou pegando fogo. Eu juro que não me lembro exatamente da última vez que estive na sua companhia, e peço perdão. Apenas me lembro de receber a notícia de que suas asas nunca mais voltariam a voar. A sensação foi de querer respirar, mas não conseguir, e daquela vez, sim, as lágrimas eram de tristeza e agonia. Demora um tempo até sobrarem apenas as lembranças boas...

Por que não me disse que estava indo embora? Eu teria te acompanhado até a saída. Apenas saiba que se tivesse voado para qualquer outro lugar na terra que não fosse um túmulo, eu teria corrido para te buscar. Mesmo com o coração pegando fogo. Mais uma vez, você tinha voado das minhas mãos, mas dessa vez, você pousou dentro da terra. Nem a esperança de um dia você voltar para mim novamente eu podia ter.

Dizem que as aves não demonstram sinais de fraqueza quando estão doentes, para que nenhum predador perceba e, consequentemente, as ataque. Mesmo sendo um ser humano e sabendo que não existe um predador para mim na cadeia alimentar, ainda estou escondendo minha fraqueza. Por quê?

O gosto está tão forte que eu não consigo mais comer. Parece que a queda não vai ter um fim. Minha mente está transbordando, e os meus pensamentos, eu não sei mais onde estão.

Luz cinérea

Capítulo 12:
Camélia branca

Onde eu estava com a cabeça? Achei que tudo ficaria como estava para sempre? Ainda não tinha percebido que quase nada sai como planejado? Que cada fôlego novo significa também uma mudança nova?

Deixei de ser a pessoa realista de sempre e tentei ser otimista por um tempo. Detestei o resultado. Ser otimista é ter esperança, e esperança quase nunca tem como base a razão. Os planos que fazemos são apenas silhuetas de realidades que nunca chegam. Vou ser otimista e dizer que uma nova flor nasce cada vez que um desejo não é realizado. Mas se quiser a realidade, eu te digo: o número de grãos de areia que existem na terra é equivalente ao número de vezes que passou pela cabeça do ser humano fazer a maldade. E existe

CAPÍTULO 12

uma estrela no céu para cada vez que um ser humano praticou a maldade que passou pela sua cabeça.

Apesar de tudo, estamos constantemente mudando. Cada vez que expiro sou uma pessoa diferente de quando inspirei. Sempre me faço a mesma pergunta: eu estou mudando para melhor? Ou existem estrelas no céu que representam malícias que desenvolveram até se tornarem realidades?

Embora eu esteja tentando mudar para melhor, temo que estou envolvido no nascimento de centenas de flores no planeta Terra. Inclusive fiz nascer uma camélia branca num túmulo. Ouviu dizer que acharam vida fora do nosso planeta? Talvez eu tenha ultrapassado os limites de desejos não realizados na Terra, e tenha feito nascer uma flor em algum lugar do espaço.

O problema é que mesmo sendo realista e buscando seguir a razão, sinto que meu coração pega fogo de vez em quando. Literalmente... Diga-me: sentir o coração pegando fogo tem como base a razão? E mesmo tentando ser realista, tudo e todos ao meu redor parecem ser irracionais. O que comprova o que digo são os sites de notícias.

Por incrível que pareça, um gato foi preso suspeito de furto. Não estou brincando, nem dando risada.

Desejo não concedido

CAPÍTULO 12

Enquanto isso, milhares de malfeitores devem estar livres como libélulas. E por incrível que pareça, o mundo ultrapassou a marca de trezentos milhões de casos de Covid-19. Ninguém nunca cogitou tal situação.

A próxima notícia não me surpreende. Esse é apenas um dos casos de milhares que não são noticiados dia após dia. Um homem negro foi assassinado de forma assustadora por três homens brancos que, posteriormente, foram condenados à prisão perpétua. O juiz do caso disse que foi uma cena realmente perturbadora. Não duvido que tenha sido.

Quando me pego pensando em quantas brutalidades pessoas podem estar sendo submetidas todos os dias, logo corto a linha de raciocínio. Não quero perder a sanidade mental.

Depois de milhares de anos sendo escravizados, maltratados, humilhados e desprezados, tudo o que querem é igualdade. Deveriam agradecer porque os que sofriam e sofrem simplesmente por causa de sua cor buscam justiça e não vingança.

Aliás, as autoridades de um certo país autorizaram seus militares a atirar para matar. Mais uma das muitas ameaças de guerra que acontecem toda semana. Na verdade, a impressão que passa é que a guerra fria nunca acabou...

Fora do devaneio

CAPÍTULO 12

Enfim, acredito que tenha argumentos convincentes para ser uma pessoa realista. É um desejo meu. Sendo assim, eu posso tranquilamente esperar o que realmente vai chegar. Não sofro por antecipação como os pessimistas, nem tenho esperanças de coisas que nunca vão se realizar, como os otimistas. Por minha causa, alguma flor deve ter acabado de nascer em algum lugar. Espero que amanhã alguém me acorde com uma boa notícia.

Persistência

Capítulo 13:
Vulnerável

Naquele dia, lembro-me de não estar conseguindo dormir apesar de estar cansado. Lado direito, lado esquerdo. Nada funcionava. Banheiro, água, música. Nada podia ser feito. Não dependia de mim conseguir dormir. Suspirava e respirava fundo até que, enfim, eu caí no sono. E o sonho que tive foi esse:

Eu estava em uma floresta, e a lua não iluminava muito bem. Tinha a sensação de que algo me perseguia, mas o quê? Não havia contexto. Eu estava vulnerável. Olhava para trás, mas não enxergava nada além de árvores com troncos grossos o suficiente para esconder alguém atrás. Eu andava, mas a sensação não passava. Como se olhos estivessem me atingindo

Delírio

com seu olhar, mas eu não conseguia distinguir de onde estava vindo. Olhar de quem? Olhar do quê?

Enxerguei um relâmpago que iluminou o céu por um instante e, pouco tempo depois, escutei seu som estrondoso. O pouco tempo de luz causada por ele foi suficiente para, finalmente, enxergar um vulto antes oculto. Uma figura humana totalmente coberta por sombra. Não tinha olhos, nem nariz, nem boca. Nada além de uma escuridão com braços e pernas. E, apesar de ela não possuir olhos, de alguma forma, sabia que ela estava olhando para mim. Então eu pisco, e não a enxergo mais. Tenho certeza de que era o olhar dela que me atingia. O que ela quer? Por qual motivo? Não havia contexto.

Depois de um tempo andando e olhando para trás, eu enxerguei pela segunda vez um relâmpago no céu. Fiquei esperando seu som ensurdecedor, mas ele nunca chegava. Talvez eu estivesse ocupado demais tentando achar o novo paradeiro da sombra que me perseguia, pelo pouco tempo que a luz causada pelo relâmpago me permitia.

As batidas do meu coração começaram a ficar mais rápidas e fortes. Eu conseguia senti-lo batendo no peito e cada batimento era aflito. Era como se, depois de cada batida, eu também sentisse o sangue

CAPÍTULO 13

que acabara de ser bombeado percorrer o trajeto dentro do meu corpo por pouco menos de um instante. Então comecei a escutar um som assustador, que vinha de longe, como se algo estivesse batendo em metal. Aos poucos, o barulho foi aumentando e chegando mais perto, até que o tilintar do metal invadia minha cabeça e enganava meus sentidos. Parei de sentir o cheiro de madeira e comecei a enxergar as coisas de ponta-cabeça. Sem falar que não sentia mais os meus pés no chão.

O som continuava. Até que, enfim, o barulho desapareceu subitamente, como se fosse o tiro de largada de uma corrida; mas silencioso, porque depois a sensação de que algo estava vindo me pegar apareceu. Meu instinto no momento foi escolher uma direção e correr para ela, fugindo do que supostamente estava me perseguindo. A cada árvore que eu ultrapassava, sentia o medo de algo estar se escondendo e me esperando atrás dela. Até que entre duas árvores menores que as outras, enxerguei um caminho que levava até uma casa aparentemente abandonada.

Eu não tinha tempo de ser educado, então não bati na porta. Eu apenas girei a maçaneta e ela simplesmente abriu. Então procurei pelos poucos cômodos que a casa possuía e não achei ninguém. Comecei a arrastar alguns móveis até a porta, porque corria o risco de ela ser aberta a qualquer momento. Não tinha nada a fazer, a não ser esperar. Mas a espera estava longa demais, então decidi sair pela porta dos fundos.

Abri a porta e enxerguei apenas o que tinha enxergado várias vezes antes. Árvores, arbustos e mais árvores. Tentei dar o próximo passo, mas meus pés não encontravam o chão, então pisei mais fundo, e o peso do meu próprio corpo me fez cair num abismo que não enxerguei, e quando olhei para baixo ele parecia não ter fim. Parecia que tempo era tudo o que me restava.

Após alguns segundos caindo, senti meu estômago embrulhar. Eu olhei para cima, e a figura humana coberta por sombra estava na beira do abismo, com o pescoço inclinado para dar seu último olhar. Queria ter certeza de que eu morreria?

Eu senti um frio nas costas e minha espinha se arrepiou. De repente, eu bati com as costas no chão, sólido como pedra. A velocidade e força com que estava caindo resultaram numa dor insuportável e minhas costas se envergaram para cima.

Abismo com fim

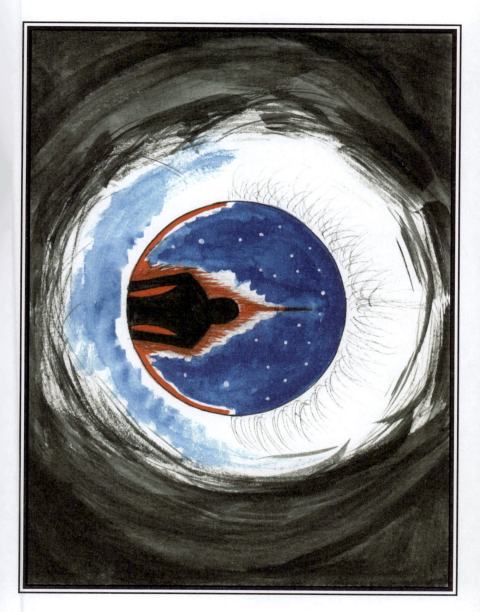

A testemunha

Capítulo 14:
Alerta vermelho

Estava na minha cama, parcialmente deitado. Estava acordado, sentindo-me alterado, com ambas as pernas estendidas, as costas erguidas para cima, e com os cotovelos e antebraços encostados no colchão. Tudo tinha sido um sonho, o que era estranho porque a sensação continuava comigo. Meu coração estava quase saindo pela boca. Cada batimento era perceptível, como se meu peito estivesse aberto, e meu coração ao ar livre. Conseguia sentir os batimentos através da orelha, dos pulsos e do pescoço. Eu coloquei as mãos no peito e, na verdade, a sensação era de que tinha colocado as mãos direto no coração. Eu estava desconfortável e extremamente agitado.

CAPÍTULO 14

Como tinha acabado de acordar de um pesadelo, presumi que estava apenas assustado. Lembro-me de ter me perguntado se era possível um pesadelo assustar alguém nessa escala. Ajeitei-me na cama e decidi esperar passar. Inspirei, expirei. Inspirei, expirei. Inspirei, expirei. Notei que estava ofegante. Fechei os olhos, e tudo que senti foi medo e preocupação. Alguma coisa estava errada. A sensação não desaparecia. Eu estava inquieto e meu coração ainda mais. Não queria acordar ninguém, então fui silenciosamente ao banheiro. Durante o caminho, senti meu coração começando a queimar. Seria possível um coração pegar fogo subitamente dentro de um corpo? O que estava acontecendo comigo? Estou ficando louco? Foi o que questionei no momento. Estava paranoico, delirando.

Entrei no banheiro e comecei a lavar o rosto. Voltei minhas mãos ao meu peito e ele estava quente. Tirei minha camiseta e comecei a me molhar, mas nada funcionou. Então me sequei, me vesti novamente e voltei ao quarto. Deitei-me e tentei me tranquilizar, mas apenas piorava. Cada vez mais agitado, mais ansioso, com mais medo. Meu coração parecia uma bomba-relógio. A qualquer momento iria explodir. Iria pegar fogo e começar a me queimar de dentro para fora.

Levantei mais uma vez. Eu precisava de ajuda. Precisava de alguém para me socorrer ou uma tragédia iria acontecer. No meio do caminho parei de andar, porque tive uma certeza. Tive a certeza de que eu iria morrer. De alguma forma, minha vida iria terminar. Algo estava vindo me matar. Ainda me lembro da angústia e do desespero. Comecei a andar mais depressa e a bomba-relógio explodiu. Comecei a sentir meu coração pegando fogo. Como se chamas estivessem se iniciando dentro do meu peito.

Abri a porta do quarto dos meus pais e comecei a chorar. Eles olharam para mim e vieram me socorrer. Contei, aflito, que meu coração estava estranho, que estava acelerado ao extremo, e que estava pegando fogo. Eles me deitaram em sua cama, me tranquilizaram e duas lágrimas escorreram pelo meu rosto. Uma do olho esquerdo e uma do olho direito, até que molharam o lençol. Fechei os olhos e comecei a respirar. Apenas me lembro que o sentimento desapareceu tão subitamente quanto veio.

A pedra que antes estava em meu sapato, agora estava em minhas mãos. Eu não mais estava pálido, muito pelo contrário. O que eu faria então? Respiraria. Afinal, meu coração sempre bateu mais rápido.

CAPÍTULO 14

Consigo enxergar as pessoas agora. Não como parecem, ou querem parecer, mas como realmente são. Graças a cada detalhe percebido pela minha reflexão. Então escolho, para ficar ao meu lado, as que menos me causam aflição.

Agora é possível manter comigo aquela antiga concepção, mas dessa vez, além de inocente e simpática; astuta e sensata. E depois de algum tempo, finalmente achei a que precisava, e então cobri seu rosto com a melhor máscara.

Capítulo 15:
Eclipse lunar

Oposto à lua ele se ergue,
E encara a Terra sem sequer uma vez piscar,
Criando uma gigantesca sombra,
Que sou incapaz de enxergar.

Toda a escuridão se foi,
Graças a sua grandiosidade.
Do que ficou para trás,
Eu não sinto saudade.

Agora quando a lua dá a cara,
A agonia se converte em serenidade,
E a reflexão fica cada vez mais clara.

CAPÍTULO 15

Dos anos que vi passar,
Restaram apenas memórias,
Das quais vale a pena lembrar.

Eclipse lunar

Capítulo 16:
Interlúdio

Por que somos assim? Tão dependentes de estereótipos? Tão dependentes do que vem antes, quando, na verdade, deveríamos estar interessados no que vem depois? Julgamos até a nós mesmos. Não vamos conseguir seguir em frente se não definirmos cada detalhe? Sobre como certa pessoa foi, é, ou está sendo? Sobre como certa pessoa deveria ser? Por que julgamos mesmo sem estarmos no lugar do outro? Se não sentimos o que tal pessoa sentiu? Por que julgamos pelo que nossos olhos veem e não pelo que nosso coração sente? Os questionamentos trazem progresso, mas o julgamento, não.

Quantas vezes é preciso redobrar a atenção do que está nos fazendo mal ou não? A preocupação nunca vai acabar? Ainda tenho que me afastar das pessoas que uma vez gostei porque elas mudaram para pior? Ou eu não as conhecia direito? Ou elas agiam diferente do que realmente eram quando estavam perto de mim? Ou eu interpretei tudo errado? Preciso urgentemente redobrar minha atenção.

Mesmo tendo medo do que pode existir no mar, por que o que é profundo me agrada? Justo eu que sou chamado de curioso? Justo eu que gosto da dose certa de perigo e adrenalina? Por que me afasto do que é superficial se nele não existe perigo? Seria porque nas águas rasas é possível enxergar o que me espera? Sou tão medroso assim? A ponto de deixar de mergulhar no profundo porque não sei o que está dentro dele? Por que não tenho medo das alturas? Talvez porque não dá para se afogar com ar. Ou porque o ar não esconde o que está debaixo dele.

Por que mesmo sem ter ninguém por perto, às vezes, eu sinto olhos me observando? E por que eu acordo com o coração pegando fogo? Por que sinto tanta culpa por matar apenas uma mosca? Por que sinto pesar no coração por tirar uma vida que muitos outros consideram insignificante? Será mesmo que a vida dela vale menos do que a minha?

Por quê? Só porque tenho um tamanho maior? Uma mente melhor e mais desenvolvida? Ou pelo simples fato de eu ser um humano, enquanto ela é um inseto? Independentemente da resposta, vou continuar sentindo a culpa.

Por que me preocupo com a opinião de pessoas que nem sequer conheço? (E que talvez nunca mais veja na vida). Eu me importo tanto assim? Por que sinto empatia por cada pessoa que é apresentada a mim? Por que o meu carinho é de graça por tudo e por todos? E por que mesmo meu amor sendo de graça, alguns o recusam? Tais pessoas já possuem amor suficiente? Tenho certeza de que o amor nunca é suficiente.

Por que tive que sentir a vida escapando de mim? Acredite, mesmo no meu pior dia, em momento algum, deixei de dar valor a ela.

Por que as pessoas estão aumentando o tom de voz? Meus ouvidos estão começando a doer. Não conseguem dialogar sem querer mostrar que são superiores? Não conseguem deixar de pensar nelas mesmas? Nem por um segundo? Não conseguem ter o mínimo de empatia pelo próximo? Não conseguem parar por um tempo e, pelo menos, tentar entender o que se passa na mente do outro? Sentir encanto pelo mundo e tudo que existe nele?

CAPÍTULO 16

Mostrar um pouco de respeito? Por que tudo está ficando cada vez mais genérico?

As pessoas estão pintando tudo ao seu redor com apenas uma cor...

Capítulo 17:
Forte o suficiente

Percebi muito cedo o que estava acontecendo. Conseguia enxergar meus próprios estilhaços no chão depois que eu sempre quebrava. Era um esforço tremendo pegar cada fragmento e colar novamente. Todas as vezes que um vidro racha, ele libera partes extremamente pequenas de si mesmo que são invisíveis a olho nu – e impossíveis de colar novamente. Fui estilhaçado muitas vezes e algumas pequenas partes foram deixadas para trás. Percebi que, a cada vez, eu ficava menor. Como uma rocha que diminui com o tempo, devido à erosão.

Apesar da dificuldade, nunca permiti que ninguém visse que deixei o copo cair. Nem que escutassem o seu quebrantar. Antes que o som chegasse aos seus ouvidos, eu gritava, e dizia que estava cantando.

CAPÍTULO 17

Rapidamente recolhia cada caco, os esmagava até virarem pó, reunia-os na palma da mão e depois soprava para que o vento os levasse para onde quisesse. Eu acreditava estar sendo forte por comer mesmo sem ter fome. E mesmo sem sentir gosto nenhum. Por levantar da cama mesmo não tendo a energia necessária. Eu acreditava estar sendo corajoso por decidir enfrentar tudo sozinho, sem a ajuda de ninguém. Acreditava estar sendo resistente por ignorar o pesar no coração. E estava sendo paciente por esperar que a chama apagasse por si só, quando meu coração estava em chamas, mesmo que ela o queimasse por inteiro antes de ir embora. Sentia-me independente por não precisar de mais ninguém. Minha paciência foi infinita durante o tempo que esperei que tudo fosse passar algum dia.

Tamanho o ego do ser humano... precisei sentir a vida escapando para me dar conta de que é impossível lidar com aquilo tudo sozinho. Eu não estava sendo forte, estava apenas enganando a mim mesmo. Na verdade, fui forte o suficiente para perceber que não era questão de ser forte ou não. Não era questão de suportar o que viesse. Eu não precisava sentir tudo aquilo se não quisesse. Mas minha própria mente me mantinha refém, fazendo-me pensar que era um mal necessário. Eu estava doente. Pensando bem, é fácil acabar se enganando com a depressão. Tão fácil quanto perder a fé, parar de acreditar em realidades não vistas. Deixe de segurá-la por apenas um momento e ela não estará mais lá. Como uma fogueira que precisa ser mantida acesa. Muitos já a deixaram escapar, e o restante foi obrigado a esquecê-la pela própria realidade.

O alerta vermelho já tinha acendido e seu som era mais alto do que qualquer grito que dei para esconder o barulho do copo quebrando. Eu precisava de alguém que pegasse nas mãos da agonia e a guiasse para longe de mim.

Olhava para minha esquerda e não enxergava nenhuma saída. Então decidia olhar para a direita e não havia escapatória. O final podia ou não chegar, mas, se chegasse, desejei de antemão apenas uma coisa: que não fosse colocada flor alguma próxima a mim e de meu possível túmulo. Eu já teria flores suficientes decorando com precisão cada espaço do meu jardim, que teriam nascido porque, ao longo do tempo, desejei mil vezes que tudo tivesse sido diferente.

Jardim fúnebre

Capítulo 18:
Uma fenda no planeta Terra

Agora que você parcialmente já me conhece – e sabe de alguns dos meus gostos – quero que saiba também o que me entristece. Quero que saiba de tudo que há no mundo que eu não gosto. Que me torna menos feliz de estar vivendo nele. Aviso de antemão que nessa nossa conversa, sim, eu vou ser melancólico.

Acho que tudo parte da humanidade. Por mais que eu tente me afastar dela, não consigo. Eu a amo demais. Amo cada alma dentro de cada casca chamada de corpo. E tudo que não é possível enxergar, mesmo que certas almas me decepcionem repetidas vezes.

CAPÍTULO 18

Porque elas não se esforçam para enxergar o que não é possível ver.

Na verdade, acho que tenho uma relação de amor e ódio com o ser humano. Existem alguns que tentam melhorar e alguns que fazem de tudo para ficarem cada vez pior. Existem alguns que amo, e alguns que odeio. Às vezes, um dos que amo me decepciona, ou de alguma forma me machuca. E, de modo semelhante, alguns dos que recebem minha antipatia, de alguma forma, acabam por despertar amor. O que devo fazer? Afastar-me da humanidade para não correr risco nenhum? Ou devo escolher quais riscos tomar? Acho que, de uma forma ou de outra, vou acabar machucado.

Ainda falando sobre a humanidade, milhares e milhares de pessoas estão morrendo todos os dias. Tragédias, guerras, injustiças. Algumas não têm o que comer nem onde dormir. Estão fadadas à miséria, enquanto outras estão comendo mais do que três vezes por dia. Não é que elas não mereçam o alimento que estão tendo. Estão desfrutando do que todos os seres humanos em toda a Terra deveriam estar desfrutando. O problema é que há pessoas que merecem, mas não possuem. Com certeza existem culpados, mas, por enquanto, mais importante do que apontar os dedos, é ajudar os que estão precisando.

Diga a quem se preocupa com você que vai passear por alguns minutos. Pegue na minha mão e suba as escadas comigo para a torre mais alta do mundo. Chegando agora ao topo, você consegue ver as rachaduras na terra que estão aumentando pouco a pouco?

Agora feche seus olhos e tente pensar na pior situação possível, depois abra os olhos e observe o planeta Terra. Veja que ele está muito pior do que você imaginou.

O que vou dizer agora serve de filosofia para mim. Foi o que consegui concluir depois de tudo: deixe que o único capaz de julgar de forma perfeita faça o que deve ser feito. Deixe que os dedos apontando os culpados sejam os das mãos deles. Quando se decepcionar porque fez a aposta errada, sinta o que tem que sentir, recupere-se, e depois siga em frente fazendo melhores apostas. Contudo, mesmo que o pesar do seu coração seja imensurável – difícil de se manter batendo, ou incapaz de desacelerar – seja resiliente para que não perca sua essência. É triste como, pouco a pouco, o viver acaba usurpando nosso ser.

E por mais dolorosa que seja a situação, não deixe a essência se esvair. Ninguém pode negar que a injustiça

CAPÍTULO 18

reina nesse mundo. Aos que necessitam, pouco lhes resta; e os que esbanjam, muito desperdiçam. Mas eu posso lhe afirmar: a pior pobreza é a de espírito.

Por enquanto, contente-se em receber a felicidade que vem de ajudar o próximo, da alegria que vem da abnegação e de ajudar os que precisam. Agradeça todos os dias que existe um ser vivente, capaz de julgar de forma perfeita; e que um dia julgará, apontando com os dedos das suas próprias mãos.

Amor à vida

Capítulo 19:
O nível das águas

Obrigado por ter enviado o anjo que te pedi. Suas penas eram brancas no começo, mas, com o tempo, começaram a surgir vitalidade e alguns tons diferentes de esperança. Há também uma coroa desenhada em sua cabeça que representa alegria. No topo de suas asas, começou a aparecer uma coloração forte. Quando percebi, o que senti foi amor e paixão. Mas o mais interessante de tudo é a tranquilidade pintada por baixo. Quando ele voa em minha direção, antes de pousar em cima dos meus ombros, consigo sentir tudo isso vindo junto com ele. A vitalidade, a alegria, a tranquilidade, o amor e cada tom diferente de esperança. E tudo começou a partir do branco.

Anjo

Não se preocupe. Embora meu amor possa ser infinito, não vou deixar que seja. Aprendi a lição da última vez. A que teve o peso de muitas outras mais. Não se pode chegar muito perto do sol, nem se expor por tempo demais a ele. Aprendi também que olhar para trás talvez possa ser o motivo de você estar passando novamente por tudo que já tinha passado antes.

Deixei de olhar para trás, então olhando para frente agora, só tem uma coisa que me deixa ansioso. O nível das águas está subindo cada vez mais. É possível sentir a existência de uma onda que ainda não cresceu, roubando e acumulando toda a água que existe aos poucos. Algum dia tal onda terá de chegar. Será, na verdade, um tsunami. E haverá algo similar a um eclipse solar, mas, em vez da lua, quem vai cobrir o sol vai ser a onda.

Eu sei que ela vai se alastrar por toda a Terra e, depois, vai retornar de onde partiu, levando com ela todos os seres humanos que deixaram os pensamentos maléficos que passavam por suas cabeças tomarem conta deles mesmos.

E então a água que sobrar depois vai matar a sede daqueles que, mesmo também tendo tais pensamentos maléficos, decidiram lutar contra eles, reconhecendo o que era errado. E mesmo que não partisse

CAPÍTULO 19

exatamente deles, e, sim, de seus corações imperfeitos, pediam perdão, porque tais coisas chegaram a passar por suas mentes.

Depois haverá algo similar ao eclipse lunar, mas, ao invés de ser a reflexão que ficará mais clara, será a própria Terra. Ficando cada vez mais clara até que se torne totalmente branca. E, por fim, os seres humanos sobreviventes e merecedores estarão esperando ansiosos com seus pincéis nas mãos e tintas, prontos para começar a pintar novamente a Terra com qualquer cor que lhes agrade.

O nível das águas

Capítulo 20:
A segunda metade daquela onda

É possível voltar atrás e perceber certas coisas. Lições que ficam presas em acontecimentos do passado. Elas demandam reflexão para serem aprendidas, e, às vezes, ficam perdidas em memórias, esperando serem encontradas. Cabe a nós voltar atrás e procurar com o maior esforço. Uma das maneiras de vasculhar é refletir, mas reflexão demanda serenidade na mente. E serenidade, nos dias de hoje, é tão raro quanto uma pérola provinda do mar. Felizmente, a terra e a sua natureza nos emprestam, por alguns instantes, a sensação de paz.

Aprendi tal lição debaixo do sol. Aquele que se consagra a maior estrela do universo é, de fato, indispensável

CAPÍTULO 20

para a vida. Seu calor aquece os que estão com frio. Mas é de uma ironia interessante que tal estrela, necessária à vida, também possa fazer mal a ela.

Tome sol demais e sua pele irá arder. Olhe-o fixamente e será obrigado a desviar o olhar. Permaneça por muito tempo sem a sua presença, e se esqueça da felicidade que o acompanha. Parece que, afinal, há uma certa dependência nos que consomem sua luz. Por isso, da próxima vez que estiver debaixo do sol, permita que ele o aqueça e se livre do frio, mas não o deixe queimar sua pele.

Aprendi também outra lição enquanto admirava o mar. Consegui encontrá-la entre as ondas e me pareceu que apenas os que já tinham se afogado foram capazes de aprendê-la. Tal lição me lembrou do ano que passou.

É impossível não se lembrar de como foi o começo. Era melhor mergulhar com tudo na tristeza do que não sentir nada, pois a tristeza ao menos traz conhecimento consigo. Acho que permaneci tempo demais sem a presença do sol. Ou até mesmo confundi o sol com a lua. Acontece que a atração da lua provoca mudanças nos níveis das águas.

É possível, apenas agora que estou fora do mar, descrever como foi estar nele. O começo repentino da onda – quando ela cresce de forma formidável – obrigatoriamente te leva ao final. A segunda metade é quando ela quebra abruptamente e te leva junto com ela sem hesitação. Mas dessa vez foi diferente.

Dessa vez, a segunda metade da onda me deixou na areia. E o vento que passou no momento que, mesmo sem esperança, eu respirei, coincidiu de encher meus pulmões de ar. Será impossível não se lembrar de como está sendo? Consigo agradecer agora pelo começo agonizante. Pela onda que cresceu exponencialmente até quebrar. No fim das contas, quanto maior a onda, mais longe ela te leva. E, dessa vez, fui levado até sentir os pés na areia.

Difícil agora é lembrar da última vez que meus olhos derrubaram – contra sua vontade – água salgada como o mar, que acabou escorrendo pelo meu rosto. Eu sinto que agora, quando as ondas crescem – porque elas nunca deixam de crescer – vai ser possível, no final das suas segundas metades, por fim, respirar.

É interessante também, que embora as ondas quebrem violentamente, aos olhos das pessoas elas transmitam calma. Serenidade necessária para que lições sejam aprendidas. Apenas sei que as praias, que antes eram agonizantes, agora são surpreendentemente suportáveis. E, embora a felicidade

CAPÍTULO 20

completa ainda não tenha chegado, a esperança, pelo menos, se faz presente, e é possível finalmente sentir frações dela sem precisar fazer esforço.

Consigo sentir, nesse momento, após tanto tempo, que as ondas estão definitivamente quebrando mais rápido.

Vislumbre solar